KB181852

한국 희곡 명작선 47

황당하고 엽기적인 일제잔재 청산 記

# 청산리에서 광화문까지

이우천

평민사

이
우
천

청산리에서 광화문까지

## 등장인물

첫째
둘째
셋째
두목
여자
중개상
조폭1
조폭2
조폭3

## 때

현대

## 곳

서울

## 무대배경

객석에서 보아 무대 뒤쪽 좌측으로는 밖으로 나가는 출입구가
보이고 무대 우측 뒤로는 [작업실]로 들어가는 입구가 보인다.
출입구 앞으로 의자, 책상을 비롯한 작은 집기들이 있고 그 옆에
금고 등 장식품이 있다.
책상 위에는 전화기 및 여러 서류철이 있고 의자 뒤 벽으로는
[월중계획표], [매출 대조표] 등이 걸려있다.
무대 중앙 오른쪽에는 큰 작업대가 있고 그 옆에 작업에 필요한
여러 도구들 - 작두, 도끼, 톱, 사시미칼, 워셔액, 손걸레, 주사, 망
치 등이 놓여있는 구르마 선반이 있다.
무대 뒤쪽 벽 중앙에는 태극기와 [아버님]의 영정사진이 걸려있
고 양 옆으로 [강령], [인체구조도]가 걸려있다.
한쪽 구석벽에 "친일 오적"이라는 글귀와 그 밑으로 김일성, 김
정일, 장준하, 이한열, 촛불시위하는 시민들의 사진이 차례로 붙
어있다.
한쪽 구석에 덩그러니 붙여진 중년남자의 사진. 그 밑에는 "작업
0순위"라고 적혀있다.

# 프롤로그

음침한 지하실. 원탁을 마주하고 앉은 둘째와 두목.
두목 뒤로 조폭1, 2, 3.


**두목**　　그놈 태어났을 때 난 사시미 칼 하나로 강북을 평정했소.
　　　　세상 많이 좋아졌지. 목포에서 올라온 꼴통인데 미아리
　　　　쪽을 통째로 요구하고 있소. 피로 일군 내 구역을……

**둘째**　　……

**두목**　　(자랑) 정치자금법 위반으로 한 10개월 살다 나왔더니 어
　　　　느새 그런 피라미가……

**둘째**　　……

**두목**　　혈기 믿고 까부는지 어쩐지 모르지만…… 듣기론 뒤를
　　　　봐주는 윗사람이 있다는 얘기도 들리고……

**둘째**　　……

**두목**　　정치인 법조인 언론인 할 거 없이, 얼굴 반반한 탤런트
　　　　들 데려다 무차별 접대를 한다는데……

**둘째**　　이름.

**두목**　　이름은 모르겠고 다들 쌍도끼라고 부르지.

**둘째**　　나이.

**두목**　　걔가……?

**조폭1**　서른 조금 넘었을 겁니다.

| 두목 | 대가리에 피도 안 마른 놈이…….                                    |
|------|-------------------------------------------------------------|
| 둘째 | 건강상태.                                                    |
| 두목 | ?                                                           |
| 둘째 | 몸에 이상 없소? 예를 들면, 피부병…….                             |
| 두목 | 그 나이 땐 다 팔팔하지. 부실한 놈이 연장 하나로 그렇게 설치겠소?      |
| 둘째 | 사진.                                                       |

두목, 목짓을 하자 조폭1이 사진을 테이블 위에 올려놓는다.
손으로 끌어다 집는 둘째.

| 두목 | 애들 시켜 간단하게 처리할 수도 있지만 대외적으론 그래도 건설회사 회장인데, 양아치 짓 할 수도 없고……그렇다고 놔둘 수도 없고……. |
|------|---------------------------------------------------------------------------------------------|
| 둘째 | …….                                                                                         |
| 두목 | 그래서 얘긴데, 듣기로 선생은 피 한 방울 없이 깨끗하게 처리한다고……?                                          |

007가방을 테이블 위에 휘익, 올려놓고 가방 문을 여는 둘째.
그 안에서 작은 약병을 꺼내 테이블 위에 올려놓는다.
경계하는 나머지들.

| 두목 | 이게 뭐요? |
|------|-----------|

**둘째**   에피바티딘.

**두목**   에피······ 바티딘?

**둘째**   개구리 몸속에 있는 독소요.

**두목**   개, 개구리?

**둘째**   중남미 에콰도르의 밀림에 가면 그 옛날 인디언들이 살
        상용으로 썼던 독소가 있는데 그게 바로 에피바티딘이
        오. 모르핀에 비해 중독성이 덜하고 진통효과는 200배
        이상 높아 병원에서는 진통제로 쓰이고 있지만 양을 어
        떻게 조절하느냐에 따라 마시는 사람에게 치명타를 입
        히지. 2분이면 뇌사상태, 4분이면 사망이오. (병뚜껑을 돌리
        며) 한번 향이라도 맡아보겠소?

**두목**   (깜짝) 아, 아니, 됐소. 근데 그 옆에 작은 병은 뭐요?

**둘째**   해독제. 만일을 대비하는 거요.

**두목**   하하. 대단하시오. 어떻게, 그럼 우리랑 거래가 성사된
        거요?

**둘째**   강령 1. 여자와 어린이는 작업에서 제외한다.

        강령 2. 살인, 폭력, 강간, 사기, 협박 등 악질 범죄자만
               작업에 포함한다.

        강령 3. 사적인 질문을 하면 거래하지 않는다.

        강령 4. ······. (생각이 잘 안 난다)

**두목**   ?

**둘째**   (주머니에서 쪽지를 꺼내보며) 강령 4. 피부암, 각질, 습진, 무
        좀, 에이즈 등 각종 피부병 환자는 작업에서 제외한다.

9

강령 5. 친일파와는 거래하지 않는다.

(쪽지를 안주머니에 넣으며) 우린 강령에 따라 거래를 결정합니다.

**두목**  우리는 해당이……?

**둘째**  (끄덕)

**두목**  (환한 웃음) 좋소. 하하. 그럼 이제 제일 중요한 문제. 얼마면 되겠소?


손가락 두 개를 펴 보이는 둘째.


**두목**  두 개? 이, 이억? 헉!

**조폭1**  이 새끼가 미쳤나? 너 우리가 누군지 몰라서 그래?

**조폭2**  사람 죽이는 게 업이다 보니 간뎅이가 밖으로 나왔구만.

**조폭3**  이억 나 줘라 씨발놈아. 내가 너 죽여줄 테니까!

**두목**  (흥분한 부하들을 제지한다) 아, 아.


조폭 1, 2, 3 흥분을 거두고.


**두목**  (헛기침) 요즘 우리쪽도 힘들어요. 경기는 안 좋지 부동산 대책 살벌하게 쏟아지지 적폐청산이다 뭐다 해서 예전에 사대강 공사 참여했던 건설사들 세무조사 들어오지. 명색이 건설회산데 돈 나올 구멍이 없소…….

**둘째**  …….

| 두목 | 물론 그쪽 솜씬 내 익히 들어서 알고 있지만⋯⋯ 아무리 그래도 이억 원은 좀⋯⋯. |
| 둘째 | 이백만 원인데요? |

사이.

| 두목 | 아, 그래요? 그럼 그렇지⋯⋯ 이억 원은 좀⋯⋯. |

조폭 1, 2, 3도 그제서야 성이 풀린다.

| 두목 | 난 또 깜짝 놀랐지 않소. 하하. (부하들에게) 그치? |
| 조폭1 | 누가 아니랍니까. 하하. |
| 둘째 | 단. |
| 두목 | ? |
| 둘째 | 조건이 있소. |
| 두목 | 조건? |
| 둘째 | 시체는 내가 가져가겠소. |
| 조폭1 | 시체를? |
| 조폭2 | 그거 갖다가 뭐에 쓰려고⋯⋯. |
| 둘째 | 사적인 질문을 하면 거래하지 않는다. 강령 3! |
| 두목 | 아, 좋소. 시체를 가져가서 회쳐먹던 쌈 싸먹던 좋을 대로 하시오. 그 대신 거래금액은 이백으로 하는 거요. |
| 둘째 | 작업 전 백. 작업 후 백. 통장 조회 후 움직입니다. |

| 두목 | 걱정 마시오. 바로 송금할 테니. |
|---|---|

둘째, 두목과 악수하려는데 심하게 재채기한다.
악수를 꺼리는 두목.

| 둘째 | 지독한 감기에 걸려서…… 그럼. |
|---|---|

둘째, 가볍게 목례를 하고 나가는데.

| 두목 | 아, 근데. |
|---|---|
| 둘째 | ? |
| 두목 | 친일파는 왜 거래에서 제외요? |
| 둘째 | 아버지께서 독립운동을 하셨소! |

암전.

# 1장. 사무실

객석을 등진 상태로 벽에 걸려있는 [인체구조도] 사진을 바라보고
있는 첫째.
한쪽에서 신문을 정리하는 셋째.
잠시 후. 절도 있게 허공에 꽂히는 첫째의 손. 깜짝 놀라 자빠지는
셋째.

**첫째**  신체에 고통을 가해 상대의 기를 꺾을 때는 대개 마혈법
을 쓰지만 내장이 파괴되고 숨을 멎게 할 필요가 있을
때는 타혈법을 쓰게 된다. 물론 에너지를 조절해야 필요
에 의해 기절시키기도 하지…….

테이블로 와서 그 위의 신문을 읽는 첫째.

**셋째**  (정리하던 신문을 던지며) 형. 이제 신문 그만 보면 안 돼?
**첫째**  ……?
**셋째**  요즘은 거, 뭐냐, 에스엔에스. 다 그거 보던데. 신문 보는
사람 없어.
**첫째**  아버님의 뜻이다. 쓸데없는 소리 하지 마라.

다시 툴툴거리며 신문을 정리하는 셋째.

| 셋째 | 참. 아까 전화 왔었어. |
|---|---|
| 첫째 | 어디서? |
| 셋째 | 시청 앞에서 집회 있다고 대형 태극기 스무 개랑 가스통 협찬해 달라던데? |
| 첫째 | 가스통? |
| 셋째 | 응. 돌진을 한대다 어쩐대나. |
| 첫째 | 독재정권 몰아내고 친일파를 처단하려는 분들이다. 원하는 대로 다 해드려. |
| 셋째 | 아니, 독재정권 몰아내고 친일파 처단하는데 태극기랑 가스통이 왜 필요해? |
| 첫째 | …… 깊은 뜻이 있겠지. |

이때 작업실에서 등장하는 둘째. 손에는 작은 아이스박스가 들려 있다.

나오면서 재채기.

| 둘째 | (테이블 위에 아이스박스를 올려놓으며) 이게 마지막이야. 나머지 군데군데 썩어서 발려 내고나면 남는 것도 없어. |
|---|---|
| 첫째 | 냉동실에 있던 게 왜 썩어. |
| 둘째 | 구입한 지 20년도 더 됐어. 가끔 가다 작동이 안 된다니까. |
| 첫째 | ……. |
| 둘째 | 형. 이참에 냉장고 하나 바꾸자. 요즘 싸고 좋은 거 많이 나왔던데. |

**첫째** 아직 쓸 만하다. 신경 써서 관리해. 10년은 더 쓸 수 있어.

**둘째** 하루 종일 냉장고 옆에 붙어있을 수도 없고 지 스스로 꺼지는데 그걸 어떡해? 저번에도 냉장고 꺼져서 죽은 지 하루밖에 안된 시체 다섯 개나 버렸잖아.

**첫째** (아이스박스를 챙기고 나갈 채비를 한다) 그래서?

**둘째** 죽은 지 하루밖에 안된 건 부르는 게 값이야. 형도 잘 알면서. 그냥 눈 딱 감고 하나 사는 게 돈 버는 거라니까. 그때 만약 냉장고만 말썽 안 폈으면…….

이때 둘째에게 손을 뻗는 첫째. 둘째 코앞에서 멈춘다.

깜짝 놀라는 둘째.

**둘째** 헉!

**첫째** 저 냉장고는 아버님께서 우리에게 물려주신 유일한 물건이다. 아버님의 땀과 역사가 깃들어 있는 냉장고야. 두 번 다시 냉장고 바꾸잔 얘긴 하지 말아라.

**둘째** 아, 알았어…….

**첫째** 조폭들 만나고 온 건 어떻게 됐냐?

**둘째** 30대 초반에 신체 건강하대. 육질도 탱탱하고.

**첫째** 실수 없이 준비해.

**둘째** 그럼.

**첫째** (셋째에게) 넌?

**셋째** (움찔) 저 그게…… 물건이 잘 안 생기네?

첫째     너 혹시 요즘도 카드 치냐?

셋째     (깜짝) 무슨 소리야, 형! 그거 안 한 지가 언젠데.

첫째     렉카차 사준 건 재빨리 시체를 수급하라는 뜻이지 기사들하고 몰려다니면서 카드 치라는 뜻이 아니다.

셋째     그럼, 형. 요즘은 하우스 근처에 얼씬도 안 해.

첫째     어제 뉴스 들어보니까 청계 8가에서 큰 사고 난 거 같던데.

셋째     요즘 렉카차가 얼마나 많은데. 다 렉카차 몬다니까. 어젠 사고 연락 받고 정확히 1분 30초 만에 갔는데 벌써 다른 차가 견인해 갔더라고. 이거 뭐 서울 시내를 손바닥 들여다보듯 훤히 꿰뚫어 볼 수 있는 것도 아니고…… 하하.

첫째     경쟁에서 밀리면 도태되는 거고 도태되면…… 재교육 들어간다.

셋째     (깜짝) 아냐, 요즘 컨디션이 좀 안 좋아서 그래. 오늘부턴 한 건씩 할 수 있을 거야. (둘째에게) 그지?

둘째     그럼. 요즘 얘가 슬럼프야, 슬럼프, 그럼.

첫째     그 어떤 고난과 역경이 닥쳐도 헤쳐 나갈 수 있는 정신이 필요하다. 그건 곧 우리 가문의 명예이자 아버님에 대한 예의다. (아버님의 영정사진을 보며) 아버님 앞에서…… 핑계대지 말라…….

둘째·셋째     알았어 형!

첫째     준비해라.

둘째와 셋째. 서둘러 정렬한다. 긴장.

**첫째**      강령.

**둘째·셋째**    강령!

**첫째**      하나.

**둘째·셋째**    여자와 어린이는 작업에서 제외한다!

**첫째**      둘.

**둘째·셋째**    살인, 폭력, 강간, 사기, 협박 등 악질 범죄자만 작업에 포함한다!

**첫째**      셋.

**둘째·셋째**    상대가 사적인 질문을 하면 거래하지 않는다!

**첫째**      넷.

**둘째·셋째**    …….

**첫째**      넷.

**둘째·셋째**    (잘 생각이 안 난다) 그게…….

**첫째**      피부암, 각질, 습진, 무좀, 에이즈 등 각종 피부병 환자는 거래에서 제외한다.

**둘째**      아, 맞다. 피부암!

**셋째**      아, 그거만 생각이 안 나네!

**둘째**      다 외웠는데 가끔가다 그래…… 하하

이때 둘째와 셋째를 향해 손을 날려 혈을 짚는 첫째.
옴짝달싹 못하고 고통스러워하는 둘째와 셋째.

| 둘째 | 헉, 헉……. |
|------|-----------|
| 셋째 | 윽, 으……. |
| 첫째 | 일천구백이십 년. 청산리 전투에서 아버님은 빗발치는 |

일천구백이십 년. 청산리 전투에서 아버님은 빗발치는 총알을 피해 단 이틀 만에 70여 구의 시체를 수거했다. 총알에 스치거나 죽창에 찍혀 외상을 입은 시체들은 전부 버렸고 놀래서 죽거나 심장마비로 죽거나 급하게 물을 마시다 기도가 막혀 죽은 깨끗한 시체로만 70여 구다. 아버님께 시체를 구입한 관동군 731부대 담당군의 관은 혀를 내두르며 120환을 지급했고 그 길로 곧장 김구 선생을 찾아간 아버님은 독립운동에 보태라며 돈자루를 내려놓고 바람과 같이 사라지시곤 하셨다.

또한 이등박문을 저격하기 위해 하얼삔으로 가던 안중근 의사가 몸살감기에 걸리자 거사실패를 염려한 아버님은 손수 저격수로 자원했지만 김구 선생은 더 큰일을 맡기실 분이라며 아버님의 자원을 극구 말리셨다……. 아버님의 사전에 실수란 없었다. 그건 명예와 긍지였지. 스스로에 관대하지 마라. 한 치의 오차라도 생길 시 아버님이 물려주신 우리 가문의 명예는 실추되는 거고 그 다음은 죽음뿐이다. 타혈법은 인간의 극혈만 짚어 목숨을 앗아가기도 한다. 그래서 지금까지 나는 잠시 고통만 주는 점혈법만을 사용했다. 나로 하여금 타혈법을 쓰게 하지 말아라…….

다시 동생들의 혈을 짚는 첫째. 맥없이 쓰러지는 둘째와 셋째.

둘째      으…….

셋째      아…….

첫째      강령은, 바로 아버님의 정신이다. 외워라.

둘째 · 셋째  응.

첫째      허벅지 남은 거 냉동시켜.

둘째      썩은 부위는?

첫째      발려 내.

둘째      발려 내고 냉동시킬까, 형?

첫째      발려 내는 동안 그나마 멀쩡한 거까지 다 썩는다.

둘째      냉동시키고 발려 내면 칼 대고 망치로 두드려야 돼서 시
         간도 많이 걸리고…….


허공으로 뻗치는 첫째의 손.


둘째      알았어, 형.


아이스박스를 챙겨들고 나가는 첫째.
나가다가 벽에 붙은 중년 남자(국회의원 선거포스터)의 사진을
본다.


첫째      (중년 남자를 가리키며) 아직 소식 없냐?

| 셋째 | 계속 수소문하고 있는데 나타나질 않네? |
|---|---|
| 첫째 | 계속 알아봐. 발견하면 만사 제쳐두고 이놈 먼저 작업한다. |
| 셋째 | 알았어, 형. |
| 첫째 | (나가다가 둘째에게) 그리고 너. 감기약 사먹어라. 물건에 침 튀지 말고. |
| 둘째 | (주머니에서 약병을 꺼내며) 조금 있다 먹으려구. |

첫째 퇴장. 긴장 푸는 둘째와 셋째.

| 둘째 | 혈을 짚혀도 안 아픈 뭐 그런 거 없나? |
|---|---|
| 셋째 | 매일 천 번 이상 연마하는 거 몰라? 그걸 뭘로 당해내? |
| 둘째 | 젠장, 한번 맞을 때마다 오바이트 나와. |
| 셋째 | 우리 고아원에 있을 때부터 책 보고 연마한 거 아냐. 이젠 내공이 쌓였다니까. |

이때 몰래 숨겨놓은 카드를 들고 나오는 셋째. 놀라는 둘째.

| 둘째 | 야, 너 미쳤어? 지금 뭐하는 거야! |
|---|---|

재빨리 문으로 가서 큰형이 간 걸 다시 확인하는 둘째.

| 둘째 | 너 형한테 걸리면 어떡하려구 그래? |
|---|---|

**셋째**   (샤프질하며) 천천히 부드럽게…… 내가 갖고 싶은 카드와 버려야 할 카드를 0.1초 사이로 넣었다, 뺐다, 넣었다, 뺐다! 손은 눈보다 빠르다!

**둘째**   너 제정신이야, 임마? 한번만 카드 치면 타혈법으로 머리통 깨트린다 그랬잖아.

**셋째**   그럼 이대로 포기해? 그 돈이 어떤 돈인데? 큰형이 시체 팔아서 번 돈이야, 아버님의 유지를 받들어 친일파를 몰아내는데 쓰일 돈이라고.

**둘째**   (꿀밤) 그런 돈을 갖고 왜 카드를 쳐 임마!

**셋째**   (사진을 가리키며) 이 새끼가 타짜들 동원해서 속임수를 썼으니까 그렇지.

**둘째**   그래. 그래서 큰형이 그놈을 작업 0순위로 올려놓은 거 아냐. 그러니까 너도 정신 차려.

**셋째**   스테키만 익히면 그 돈 다시 찾을 수 있다니까. (자기 손을 보이며) 봐, 형. 허물이 벗겨질 정도로 연습하고 있어.

**둘째**   (때리며) 운전을 그렇게 열심히 해라, 운전을. 빨리 치워!


치우는 셋째. 이때 울리는 전화벨 소리. 수화기를 드는 둘째.


**둘째**   여보세요? (한참 듣다가) 알았소. 바로 움직입니다.


암전.

# 2장. 밤. 공원 벤치

아이스박스를 든 첫째 007가방의 중개상.
사주경계 후, 벤치에 자리를 잡는다.


**첫째**     요구한 물건이요.


중개상, 아이스박스를 열어본다.
허옇게 이는 냉기.


**첫째**     37세. 3일 전 사망. 사망 3시간 후 냉동.

**중개상**     음…… 3킬로…… 맞소?

**첫째**     우린 신용으로 거래합니다.

**중개상**     좋소. (가방을 건네며) 자, 여기 물건 값이오.


007가방을 받아 금액을 확인하는 첫째.


**중개상**     그쪽을 못 믿는 건 아니지만…… 저번에 거래한 이두박근, 반품 들어왔소.

**첫째**     우린 최상의 육질만 제공합니다.

**중개상**     물론 나도 병원에서 관리부실로 인해 부식됐다고 생각하고 있소만…….

첫째      ?

중개상   반품 들어오면 우리도 피해가 막심해요.

첫째      병원쪽 관리체계를 확인하시오. 문제는 그쪽에 있을 테
         니까.

중개상   어쨌든 그쪽에서 넘길 때 육질에 손상이 없도록 특별히
         신경 써주시오.

첫째      …….

중개상   그건 그렇고 물건 수급은 어떻소?

첫째      예전엔 총격전도 벌어지고 백화점도 무너지고 그랬지만
         요즘은 그런 대목이 없소. 불경기도 이런 불경기가 없
         어…….

중개상   곧 여름이오. 물량 주문이 엄청나게 올 거요.

첫째      내일 시청 앞에서 친일파 타도 집회가 있는데 겨우 가
         스통 두 개 협찬했소. 예전엔 엄청난 자금을 기부했었는
         데…….

중개상   요즘 같은 물량으론 올 여름 버티지 못할 거요. 더구나
         주문 받아놓고 물량을 제때에 대지 못하면…… 아시잖
         소. 우린 신용이 생명이오.

첫째      끙…….

중개상   그래서 말인데…….

첫째      ?

중개상   당신네 그 강령 말이오…….

첫째      ?

중개상    약간 수정을 보면…….

첫째    수정?

중개상    예를 들면, "여자와 어린이는 제외"를 "어린이만 제외" 혹은…….

첫째    혹은?

중개상    "새벽에 술 취해 시끄럽게 떠드는 자는 전부 해당……" 뭐 이렇게…….

첫째    …….

중개상    시대가 변하면 진리도 변해야 하는 법. 당신네 강령은 시대에 뒤쳐졌소. 그 해묵은 강령에 얽매여 물량을 제때 수급하지 못한다면 그건…… 헉!

중개상에게 손가락을 날리는 첫째. 꼼짝달싹 못하는 중개상.

첫째    그 강령은 아버님이 우리에게 물려주신 명예이자 긍지 요! 두 번 다시 우리 아버님을 욕되게 하지 마시오.

혈을 푸는 첫째. 쓰러지는 중개상.

첫째    내키지 않는다면 거래를 끊으면 그만. 망발은 삼가시오.

중개상    켁…… 켁…….

첫째    그럼 먼저 일어나겠소.

첫째 퇴장.

**중개상**　진짜 내가 돈 한번 벌어보겠다고 연길에서 여기까지 왔
는데…… 더러워서 못해먹겠다…….

암전.

# 3장. 사무실

의자에 비스듬히 누워서 "포카, 이길 수 있다"란 제목의 책을 보고 있는 셋째. 그러다 문득 생각이 났는지 문쪽으로 가서 밖을 살핀다. 그리고는 도어를 눌러 잠근 후 숨겨놓은 카드를 꺼내어 패를 돌린다.
한동안 카드 연습을 하는 셋째. 뭔가 뜻대로 안 되는지 다시 책을 보고 연습하길 여러 번.

**셋째**    (카드를 섞으며) 천천히 부드럽게…… 내가 갖고 싶은 카드와 버려야 할 카드를 0.1초 사이로 넣었다, 뺐다! 손은 눈보다 빠르다!

다시 카드를 돌린다. 깐다. 원하는 패가 아니다. 실망하는 셋째.
이때 "찰칵, 찰칵" 문 도어 소리 들리더니 누군가 마구 문을 두드린다.

**첫째**    (꽝! 꽝! 꽝!) 아무도 없냐? 문 열어!

깜짝 놀라는 셋째. 얼굴이 벌개져서 재빨리 카드를 치운다.
계속 들리는 첫째의 꽝! 꽝! 꽝!
다급히 카드를 숨기고 문을 여는 셋째. 문 앞에 서 있는 첫째.

| | |
|---|---|
| **첫째** | 뭐 하고 있었냐? |
| **셋째** | 어! 형 왔어? 일찍 왔네? |
| **첫째** | 문은 왜 잠궜어? |
| **셋째** | 문? 글쎄…… 아, 고장 난 거 같아서 아까 확인하느라 그랬다. |
| **첫째** | ……. |
| **셋째** | 근데 괜찮더라고. |
| **첫째** | 둘째는? |
| **셋째** | 입금됐다고 연락 와서 작업하러 갔어. 그래서 장비 정리하고 있었어. |
| **첫째** | (가방을 건네며) 입금 확인했어? |
| **셋째** | (가방을 받으며) 백만 원 찍혔던데? 참, 통장 잔액 보니까 숫자가 꽤 길던데 그거 찾아서 협찬금으로 내면 안 될까? |
| **첫째** | 그건 휴지조각이다. 시체를 팔아서 번 돈만이 진짜 돈이야. |
| **셋째** | 형. 은행 둘째형 보내면 안 돼? 나만 가면 자꾸 방으로 끌고 들어가서 커피 마시라 그러면서 자꾸 이거 저거 물어보고…… 내가 브이아이피 고객이라나? 귀찮아 죽겠어. |

이때 가죽 가방을 끌고 들어오는 둘째.
퍼렇게 멍든 눈두덩. 콧구멍에 박혀 있는 솜뭉치.

| | |
|---|---|
| **둘째** | 어찌나 반항을 하던지…… 헤헤. |

**첫째**      수고했다. 준비해!

테이블 위를 정리하는 셋째.
검은 가죽가방을 테이블 위에 올려놓는 첫째와 둘째.
구르마 선반을 끌고 테이블 옆에 놓는 셋째.
선반 위에 놓여있는 여러 도구들.
비닐장갑을 끼는 첫째. 작두와 도끼 준비하는 둘째.
워셔액과 손걸레를 들고 있는 셋째.
빠르고 능숙하다.

**첫째**      시작할까?

**둘째**      응.

조심스레 가죽가방 지퍼를 여는 첫째.
가방 안의 시체를 살피다 깜짝 놀란다.

**첫째**      …… 헉!

뒤로 물러나는 첫째.

**둘째**      왜 그래 형?

다가와서 보는 둘째. 눈이 휘둥그레.

| 셋째 | 뭔데 그래? |
|---|---|

둘째를 밀치고 가방을 확 열어젖히는 셋째.
드러나는 시체. 팬티만 입은 여자 시체다!
훤히 드러나는 젖가슴. 깜짝 놀라 뒤로 물러나는 셋째.

| 셋째 | 여, 여자닷! |
|---|---|
| 첫째 | 어떻게 된 거냐. |
| 둘째 | 이럴 리가…… 없는데……. |
| 셋째 | 저, 저게 젖이라는 건가? |

조심스럽게 도끼를 거꾸로 쥐고 시체 쪽으로 다가가는 둘째.
천천히 도끼 손잡이로 젖가슴을 누른다. 쑤욱 들어가는 도끼 손잡이.

| 둘째 | 으아악! |
|---|---|

깜짝 놀라 뒤로 물러나는 둘째.

| 둘째 | 쑤욱 들어가. |
|---|---|
| 첫째 | 어, 얼른 가방 닫어! |

조심조심 가방 쪽으로 다가가는 셋째.

**셋째**   (후다닥 가방을 닫으며) 으아아!


셋째가 가방을 닫자 한시름 놓는 나머지들.
둘째에게 시선을 주는 첫째. 움찔하는 둘째.


**둘째**   아냐, 형. 그럴 리가 없어. 203호에서 자고 있는 거 맞
는데.

**첫째**   여자와 어린이는 작업에서 제외한다. 강령1.

**둘째**   나도 알지, 형. 그건 늘 안 틀리잖아.

**첫째**   (버럭) 근데 어떻게 된 거야!

**셋째**   (속닥속닥) 작업할 때 확인 안 했어?

**둘째**   자고 있는 걸 덮쳐서…… 203호 맞다 그랬는데…….

**첫째**   95년 만에…… 처음으로 발생한 실수다!

**둘째**   저, 형…… 그게…… 있잖아…….


아버님의 영정사진 앞으로 가는 첫째.


**첫째**   (부르르) 일천구백육십 년. 무수한 총탄세례 속에서도 광
화문 네거리를 누비며 아버님은 시체를 수거했는데 넌
고작 불 꺼진 여관방에서 이런 치욕스런 실수를 해!

**둘째**   이왕 이렇게 된 거 그냥 남자라고 속이고…….

**첫째**   (둘째에게 손을 뻗으며) 타혈법!

**둘째**   으아악!

그러나 첫째의 손은 둘째의 이마에 멈춰져 있다.

부들부들 떠는 첫째. 둘째, 식은땀.


**셋째**    혀, 형. 차, 참아…… 응?

**둘째**    자, 잘못했어, 형!


천천히 손을 내리는 첫째.


**첫째**    아버님의 명예에 우리가 먹칠을 했다.

**둘째**    잘못했어, 형…….

**첫째**    저 여자는 거래할 수 없다.

**셋째**    그럼 어떡하지 형?

**첫째**    당장 내다버려!


재빨리 가방 쪽으로 가는 둘째와 셋째.


**첫째**    (둘째의 멱살을 낚아 채며) 아무도 모르게 처리해라. 만의 하
         나, 사람들이 시체를 발견해서 이 치욕을 알게 되면 그
         땐…… 눈알에 타혈법을 날리겠다.


눈을 찔끔 감는 둘째.


**첫째**    (거칠게 멱살을 놓아주며) 빨리 움직여!

서둘러 가죽가방의 지퍼를 올리는 둘째와 셋째.

순간, 죽은 줄 알았던 여자가 벌떡 일어난다.

여자와 눈이 마주치는 둘째와 셋째.

**둘째 · 셋째**　으악!

**여자**　　으악!

비명을 지르며 자신의 가슴이 노출된 것을 확인하는 여자.

둘째의 뺨을 후려갈긴다.

**둘째**　　아이고!

재빨리 테이블에서 내려와 뒤로 물러나는 여자.

여자와 대치하는 세 명.

**여자**　　당신들 누구세요!

**첫째**　　(둘째를 째려보고)

**둘째**　　[에피바티딘] 먹였는데 어떻게 살아났지? (주머니를 뒤지며)
　　　　　내가 여깄던 걸로 저 여자 입에다 부었다니까. (약병을 꺼낸
　　　　　다) 봐봐 형. 식후 두 알…… 어, 왜 감기약이 여기 있지?

눈을 감고 고개를 떨구는 첫째.

| 여자 | 당신들 누구냐니까요! 뭐 하는 사람들예요! |
|------|--------------------------------------------|
| 첫째 | (여자쪽으로 걸어가며) 우린……. |
| 여자 | 다가오지 마! |
| 첫째 | (다시 후다닥 제자리) |
| 여자 | 거기서 얘기해요. |
| 첫째 | 사적인 질문을 하면 거래하지 않는다. 강령3. |
| 여자 | 뭐, 뭐라구요? |
| 셋째 | 업무에 관계된 질문만 하세요. |
| 여자 | 내가 왜 여기 있죠? 더구나 이런 차림으로…… 나쁜 놈들. 도대체 무슨 짓을 한 거야! |
| 첫째 | 뭔가 오해가 있었소. 실수로……. |
| 여자 | (스스로를 가리키며) 나, 건드렸어요? |

그러나 둘째의 눈엔 그게 여자의 젖가슴을 가리킨 걸로 보인다.

| 둘째 | 헉! 저 그게…… 다른 뜻은 없었어요. 나도 그렇게 쑤욱 들어갈 줄 몰랐어요. |
|------|---------------------------------------------------------------------|
| 여자 | 쑤욱…… 넣었어? 개자식들! |
| 첫째 | 이보시오. 사실은……. |
| 여자 | 다가오지 말아요! |
| 첫째 | (이번엔 멈추다가 개의치 않는다) 우리가 원한 건 당신이 아니오. |
| 여자 | 그, 그럼 뭘…… 원하시죠? |
| 첫째 | 우린 시체를 원하오. |

| 여자 | 시, 시체? |
|---|---|
| 첫째 | 그렇소. |

이때 칼, 작두 등 작업도구를 발견하는 여자. 공포로 몸서리친다.

| 여자 | 도, 돈을 드릴게요…… 제발 목숨만……. |
|---|---|
| 첫째 | 돈? |
| 여자 | 예…… 돈……. |
| 첫째 | 돈은 시체를 넘겼을 때 받소. |
| 여자 | 제 몸값이 얼마죠? 절 살려주시면 그 배를 지불할게요! |
| 둘째 | 우린 죽여서 넘겨야 받는다니까요. |

여자가 째려보자 움찔하는 둘째. 돌변하는 여자.

| 여자 | 당신들, 나 누군지 몰라요? |
|---|---|
| 첫째 | ? |
| 여자 | 나 탤런트에요. 얼마 전에 드라마에도 나왔었어요. 내 뒤를 봐주는 높으신 분들이 얼마나 많은 줄 알아요? 난 공인이라구요. 감히 이런 날 납치해? |
| 첫째 | 말했잖소. 실수였다고. |
| 여자 | 그럼 왜 건드렸어! |
| 둘째 | 그건……. |
| 여자 | 실수는 실수고 재미라도 보잔 심산이었나? |

**둘째**     아녜요. 나도 놀래서 (도끼를 거꾸로 집어 들며) 이걸로…….

사이.

**여자**     으아아!

둘째를 마구 때리는 여자. 말리는 셋째.
이때 여자의 목을 향해 뻗히는 첫째의 손.
턱, 하고 쓰러지는 여자.

**첫째**     치워라.

한쪽에 여자를 뉘여 놓는 둘째와 셋째. 고민하는 첫째.

**셋째**     여자는 원래 저렇게 거친가?
**둘째**     이제 어쩌지 형?
**첫째**     (둘째를 보며) 여자를 작업한 걸로도 모자라서 감기약을 먹
            이는 실수까지…… 이 치욕을 어떻게 할 작정이야!
**둘째**     저, 그게…….
**첫째**     일단 여자 먼저 해결하고 나서 얘기하자. (바드득) 각오해!
**둘째**     형…….
**셋째**     지금 갖다 버릴까?
**첫째**     두세 시간 지나면 다시 깨어날 거다.

| 셋째 | 그럼 죽여서 버릴까? |
|---|---|
| 첫째 | 여자와 어린이는 작업에서 제외한다, 몰라! |
| 셋째 | 아참, 그렇지? |
| 첫째 | 일단 묶어라. 깨어나면 또 거칠어질 테니까. |

밧줄을 가져오는 둘째. 여자를 일으켜 앉히는 셋째.
여자를 일으키다 실수로 여자의 가슴을 집은 셋째.

| 둘째 | 조심해! |
|---|---|
| 셋째 | 으아아! |
| 둘째 | 내가 당하는 거 못 봤어? |
| 셋째 | …… 젠장! |
| 첫째 | 서둘러! |

밧줄을 묶는 둘째와 셋째. 뒷짐 쥐고 고민하는 첫째.
여자를 한쪽 구석에 누인다.

| 둘째 | (쭈뼛쭈뼛 다가오며) 혀, 형. 이제…… 어…… 어쩌지……? |
|---|---|
| 첫째 | 일단 밤이 늦었으니까 내일 날 밝는 대로 어떡할지 결정하자. 그전에 깨어날 테니까 단단히 묶어놔. 입도 봉하고. |
| 둘째 | 알았어, 형. |
| 첫째 | (둘째 멱살) 위급사태야. 자빠져 잘 생각하지 말고 저 여자 옆에 딱 붙어서 밤새 감시해라. 만약, 자다 걸리면 (손을 |

날린다) 알아서 해.

**둘째**     알았어, 형.

**첫째**     빨리 움직여!

둘째와 셋째, 여자 입을 테이프로 봉하는데 암전.

# 4장. 두목의 사무실

조폭1, 2. 심각하게 대화를 나누고 있다.

**조폭1**     그게 무슨 말이야? 쌍도끼가 버젓이 돌아다닌다니?

**조폭2**     애들이 확인했습니다. 멀쩡히 살아 있답니다.

**조폭1**     뭐야, 그럼? 그 킬러새끼가 작업을 안 한 거야?

**조폭2**     아무래도…….

**조폭1**     송금이 잘못된 거 아냐? 그쪽 계통이 원래 계산은 칼이
잖아.

**조폭2**     아닙니다. 확실히 입금했습니다.

**조폭1**     그럼 대체 어떻게 된 거야? (조폭2에게) 일처릴 어떻게 하
는 거야?

**조폭2**     죄송합니다. 분명 그쪽 업계에선 전설로 통하는 인물이
라던데…….

**조폭1**     뭔가 수상쩍긴 했어. 돈 이백 요구할 때 눈치 챘어야 했
는데.

이때 등장하는 두목과 조폭3.

**두목**     뭐야! 쌍도끼가 살아있다니!

**조폭1**     아무래도 그 킬러한테 사기 당한 거 같습니다.

할 말을 잃고 괴로워하는 두목.

두목      내가 명색이 조폭 두목이야. 그것도 전국구. 모두가 나를 두려워 해. 악랄함으로 치자면 금메달이야, 내가. 그런데, 이런 금메달리스트를 사기 처먹어?

조폭2    어떻게 된 일인지 자세하게 알아보겠습니다.

가만히 주머니에서 잭나이프를 꺼내는 두목. 그걸 들고 조폭들 앞으로 간다.

두목      …… 스무 살 때 처음 여기에 발을 들여 놓으면서 다짐을 한 게 있다. 반드시 이 세계의 최고가 되겠다…… 그리고 칼질 30년 만에 지금 그 꿈을 이루었지. 내가 지옥 같은 조폭생활 30년을 견딜 수 있었던 무기가 뭔 줄 알아? 삽질 정신. 무조건 파버린다는 정신으로 매진할 때, 두려움은 없어진다. 삽질정신으로 강북을 접수했다, 내가! 그게 나의 목표였고 그 목표를 이루기 위해 나는 오직 삽질, 삽질뿐이었어! 대운하 건설! 이제 세상은 내 거야!

사이.

두목      근데 언제부턴가 꼬이기 시작했어. 대통령이 탄핵되질 않나, 대가리 피도 안 마른 놈이 나와바리를 통째로 요구하질 않나, 쌩 양아치 같은 놈이 돈 백만 원을 사기 처먹질 않나…… 세상이 왜 이 모양이야? 금메달리스트를 이렇게 스트레스 줘도 돼?

**조폭들**　……

**두목**　당장 그 킬러 놈을 내 앞에 데려와. 무조건 내 앞에 데려와. 당장!

**조폭들**　예!

조폭들, 후다닥 퇴장.

**두목**　내 돈을 떼먹어? 잡히기만 해봐라. 숟가락으로 심장을 파버릴 거야. 뭉뚝한 걸로 파니까 더 아프겠지!

암전.

# 5장. 사무실. 낮

혈을 집혔는지 정지 상태로 괴로워하는 둘째.

한쪽에서 조용히 장비를 정리하고 있는 셋째.

구석 한 곳에 여자가 공포에 떨며 밧줄에 묶여있다. 입에는 테이프.

둘째가 준비한 물건을 확인하는 첫째.


**셋째**    (눈치 보며) 도, 돌멩일 매달아서 한강에 넣으면 어떨까……?

**첫째**    물살에 끈이 풀리거나 돌이 빠져서 시체가 뜰 수 있다.


움찔 하는 셋째. 열심히 장비를 닦는다.


**셋째**    땅을 파서 묻자, 형…… 누가 알겠어……?

**첫째**    곧 장마야. 토사가 휩쓸려서 시체 일부가 드러날 수 있다.

**셋째**    …….

**첫째**    완벽해야 돼. 우리의 치욕을 아무도 눈치 못 채게.


고민하는 첫째. 더욱 고통스러워하는 둘째.


**셋째**    저기, 형. 둘째 형 저러다 죽는 거 아냐?

**첫째**    이제 10분밖에 안 지났다. 아직 20분은 더 견딜 수 있어.

더 괴로워하는 둘째. 다시 왔다 갔다 하는 셋째.

**셋째**  이, 이건 어떨까……? 남양주 쪽으로 가면 양계장이 있거든…… 거기 대형 분쇄기가 있어. 거기다 갈아버린 후 닭 모이로 주면…….

**여자**  으…… 으으!

공포에 떠는 여자를 힐끗 쳐다보는 첫째. 여자 쪽으로 간다.
움찔하는 여자.
여자 입에 붙어있는 테이프를 떼는 첫째.

**첫째**  우린 지난 수십 년간 아버님께서 명예로 지켜 오신 이 일을 해오고 있소. 근데, 그 명예가 어제 드디어 깨져버렸소.

**여자**  ?

**첫째**  우리의 목표는 30대 초반의 건장한 남자였는데…….

**여자**  실수로 절……?

**첫째**  부끄럽소.

아버님 영정사진 앞으로 가서 결연하게 영정사진을 바라본다.

**첫째**  그렇다고 우리 조직을 얕보지는 마시오. 95년 만에 처음 발생한 실수니까.

| 여자 | 그럼…… 절 어쩌실 거죠? |
|---|---|
| 첫째 | 고민 중이오. |
| 여자 | 만약, 실수로 절 납치하셨다면…… 그냥 풀어주셔야……. |
| 첫째 | 만약 당신을 풀어줬다가 당신 입을 통해 우리의 치욕이 소문이라도 나면……. |
| 여자 | 말 안 할게요! 절대 말 안 할게요! |
| 첫째 | ……. |
| 여자 | 제발……. |
| 첫째 | 믿을 수 없소. |
| 여자 | 젠장……. |

이때, 숨넘어가는 소리를 내며 괴로워하는 둘째.
첫째, 둘째에게로 가서 혈을 풀어준다.
바닥에 고꾸라지는 둘째. 셋째가 가서 살펴준다.

| 첫째 | 밤새 냉장고 꺼지지 않게 감시하라고 했지. 그런 놈이, 잠을 처자? |
|---|---|
| 둘째 | 어제 저 여자 작업하느라고 너무 피곤했나봐……. |
| 첫째 | 입 닥쳐! 저 여자 어떡할 거야? |
| 둘째 | 응 형…… 아까 생각했었는데…… 형한테 혈 짚이는 바람에…… 너무 고통스러워서…… 다 까먹었네……. |
| 첫째 | 니가 해결해. 아버님께서 이룩하신 명예를 더럽힌 죄! 니가 깨끗이 씻어라. |

| | |
|---|---|
| 둘째 | 그럼, 형. 당연하지. 걱정하지 마. |
| 첫째 | 금고에 잔고가 얼마 남았냐? |
| 셋째 | 저, 그게…… 다음 달 집회 때 대형 성조기 하나 제작하면 바닥이야. |

부르르 떠는 첫째. 이때 여자를 본다.

| | |
|---|---|
| 여자 | ? |

여자에게 다가가는 첫째. 두려워하는 여자.

| | |
|---|---|
| 여자 | (울먹) 여자와 어린이는 제외라면서요! |
| 첫째 | 혹시…… 신체 건강하면서 악질 범죄만 저지르는 사람 알고 있으면 언제든 말하시오. 언제든지. |
| 여자 | ? |

나갈 채비를 하는 첫째.

| | |
|---|---|
| 여자 | 저, 저기요. |
| 첫째 | ? |
| 여자 | 돈이라면 제가 얼마든지 드릴 수 있거든요. 절 풀어주시면 제 전 재산을 다 드릴게요. |
| 셋째 | 우린 시체를 팔아서 돈을 벌어요. 그게 아버님이 우리한 |

데 물려준 건데…….

**여자**    (답답하다) 도대체 저한테 원하는 게 뭐죠! 당신들은 인정
도 없어요! 이렇게 살려달라고 애원하는데! 시체 팔아서
결국은 돈을 버는 거잖아요. 근데 제가 시체를 팔 때보
다 훨씬 많은 돈을 드리겠다구요!

사이.

**첫째**    여자와 어린이는 작업에서 제외한다. 강령 하나.

절망하는 여자.

**첫째**    (물건 챙기며) 문단속 잘하고 전화 잘 받아라.
**둘째·셋째**    알았어, 형.

퇴장하는 첫째. 안도의 한숨을 쉬는 둘째와 셋째.

**첫째**    진짜 무슨 방법을 강구해야지 안 되겠어.
**셋째**    뭘?
**첫째**    이러다가 언젠가는 정말 창자를 토하면서 죽을 거야.
**셋째**    빨리 작업실 정리해.
**둘째**    알았어.

작업실로 들어가는 둘째. 테이블 위 장비를 정리하는 셋째.


**여자**   저기…… 아저씨. 저 집에 가면요, 저만 바라보고 사는
동생들 있어요. 저 부모님이 일찍 돌아가셔서 제가 동생
들 돌보거든요. 저 빨리 돈 벌어서 동생들 학비도 내야
하구요, 막내는 아직 중학생이라 제가 없으면 아무것도
못해요. 아저씨…… 아저씨는 좋은 분 같은데…… 저 풀
어주시면 안 돼요?

**셋째**   안 돼요. 우리 맘대로 하면 또 혈 짚여요.

**여자**   저 진짜 모르시겠어요? 저 배우예요. 영화도 출연했어
요. 영화 안 보세요?

**셋째**   우리는 그런 거 안 봐요. 신문만 본다니까요.


이때 벽에 붙은 중년 남자의 사진을 발견하는 여자. 깜짝 놀란다.


**셋째**   왜요?

**여자**   (사진을 가리키며) 이 사람……?

**셋째**   아, (사진 가리키며) 전문 사기꾼이에요.

**여자**   이 사람이요……?

**셋째**   잡으면 바로 작업할 거예요. 아니 근데 (사진 가리키며) 알
아요?

**여자**   예?

**셋째**   아는 사람이냐구요?

| 여자 | 아니…… 그게 아니라…… (포기) 예. 알아요. 안면 있어요. |
|---|---|
| 셋째 | 정말요? 아니 이놈을 어떻게 아세요? |
| 여자 | 그 깡패새끼가 시켜서…… 몇 번 상대했어요. |
| 셋째 | 예? 아니 그럼 그쪽도……? |
| 여자 | ……? |
| 셋째 | (은밀하게) 아니, 언제부터 그걸 하기 시작하셨어요? |
| 여자 | 예? |
| 셋째 | 아니, 주로 몇 명이서 해요? |
| 여자 | 몇 명이서 하긴 뭘 몇 명이서 해요? 둘이서 하지. |
| 셋째 | 그래요? 다행이네. 저는 이놈이랑 할 때 넷이 붙었거든요. |
| 여자 | ? |
| 셋째 | 저 완전 십창났어요. 혹시, 속임수를 쓰진 않던가요? |
| 여자 | 예? |
| 셋째 | 뭐 도구 같은 거요. 거울이나 뭐 카메라. |
| 여자 | …… 수갑으로 묶거나 가끔 안대로 눈을 가리고 해요. |
| 셋째 | 완전 개새끼네? 아니, 그럴 때 안 하겠다고 해야죠. |
| 여자 | 예전에 한번 반항했다가 맞아서 눈이 시퍼렇게 멍들었어요. |
| 셋째 | 이런 개새끼. 속임수도 모자라서 폭력까지. 하여튼 그 새끼는 우리 큰형 눈에 띄기만 하면 바로 타혈법이에요! 나중에 혹시 이 새끼 만나면 바로 연락주세요. 눈썹이 휘날리게 작업해 버릴 거니까. |
| 여자 | ? |

**셋째**　근데, 그쪽 샤프질은 어떠세요?

**여자**　샤, 샤프질이요?

**셋째**　제가 요즘 샤프질을 집중적으로 연습하고 있거든요. 부
드럽고 편안하게…… 0.1초의 속도로 넣었다, 뺐다, 넣
었다, 뺐다!

**여자**　넣었다 뺐다를…… 0.1요……?

**셋째**　근데 잘 안 되요. 허물이 벗겨질 정도로 연습하는데 말
예요.

**여자**　그럴 땐…… 제, 젤을 써보세요?

**셋째**　젤이요?

**여자**　그러면…… 좀 더 수월할 거예요…….

**셋째**　아, 그래요?


이때 토막 난 살점을 담은 비닐자루를 어깨에 메고 작업실에서 나
오는 둘째.

그 모습을 보고 비명을 지르는 여자. 덩달아 놀라는 둘째와 셋째.

여자, 둘째가 들고 있는 살점과 피가 범벅이 된 자루를 본다.


**둘째**　아, 이거요? 썩어서 버릴 거예요. (셋째에게 건네며) 버리고 와.


이때 비닐자루 안에 선명하게 보이는 사람 손목.


**셋째**　뭐야? 믹서기로 깨끗하게 갈아야 한다니까. 봐봐. 손목

인거 다 티나잖아.

**둘째**  형한테 혈 짚혀서 그런지 자꾸 오바이트 나와서 못하겠어. 니가 해.

**셋째**  아이, 진짜. 그럼 형이 장비정리 다 해놔?

**둘째**  알았어.


작업실로 들어가는 셋째. 장비를 정리하는 둘째. 그런 둘째를 한동안 바라보는 여자.
곰곰이 보니 여자의 눈에 둘째는 상당히 어리숙하게 보인다. 바보 같기도 하고……


**여자**  저, 저기요. 아저씨.

**둘째**  ?

**여자**  아저씨는 좋은 분 같은 데 저 풀어주시면 안 돼요?

**둘째**  안 돼요.

**여자**  저는 아저씨가 실수로 납치한 거잖아요. 게다가 재미도 봤고.

**둘째**  재미 하나도 없었어요. 당신 때문에 혼나기만 했지.

**여자**  어떻게 하셨길래 재미가 없었을까?

**둘째**  ?

**여자**  제가 깨어있었으면 좋았을 걸. (다리를 슬쩍 벌리며) 안 그래요?

놀라는 둘째. 이내 장비를 정리한다.

**여자**      저기요?

**둘째**      ?

**여자**      저, 화장실이 가고 싶은데 어쩌죠? 급한데. 여기다 실례
할 수 없잖아요.

**둘째**      화, 화장실은 이쪽인데…….

**여자**      저, 이 끈 좀 풀어주실래요?

**둘째**      아, 안 돼요. 큰형한테 혼나는데.

**여자**      이러구 어떻게 일을 봐요. 팬티를 내려야 하는데.

**둘째**      저, 그게…….

**여자**      그럼 직접 내려주실래요?

**둘째**      예? 아니요!

**여자**      어서요. 저 급해요.


어쩔 수 없이 풀어주는 둘째.


**둘째**      하지만 오줌 다 싸면 바로 묶을 거예요.


끈이 풀리자 팔이 아픈지 팔 이곳 저곳을 만지는 여자.
둘째를 향해 알 듯 모를 듯한 미소를 보내기도 하고…….


**여자**      아, 더워. 왜 이렇게 덥죠?

**둘째**    …….

**여자**    에어컨 같은 거 없나요? 아이, 땀.


우아하고 섹시한 자태로 무대를 걷는 여자.


**둘째**    저기, 화장실은 이쪽인데…….


테이블 위에 걸터앉는 여자.
그러자 여자의 무릎이 둘째의 시선에 들어온다.


**여자**    여긴 묘해요. 뭐랄까? 음습하면서도 뭔가 날 이끄는 마
력 같은 게 느껴져요.

**둘째**    그, 그래요…….

**여자**    아, 너무 긴장을 했나? 어깨도 아프고.

**둘째**    …….

**여자**    허리도 아프네……? (다리를 바꿔 꼰다)


화들짝 놀라는 둘째.


**여자**    저 잠시, 누울게요.


테이블에 눕는 여자. 몸을 비튼다.

| | |
|---|---|
| **여자** | 아, 누우니까 좋네? |
| **둘째** | 저기, 화장실 안 가세요? |
| **여자** | 갑자기, 괜찮아졌어요. |
| **둘째** | 그럼 다시 묶을게요. |
| **여자** | 어떠셨어요? |
| **둘째** | 예? |
| **여자** | 제 몸을 만질 때요. |
| **둘째** | 그야……. (도끼를 집으려 한다) |
| **여자** | (말리며) 손으로 터치해 봐요. 느낌이 달라요. |

둘째의 손을 잡아다 자기 가슴 쪽에 대는 여자.

화들짝 놀라 피하는 둘째.


**여자**  좋아요. 이렇게 하죠. 지금부터 저와 시간을 보내요. 환희를 맛보시고 싶으면 본인을 묶으세요. 당하면서 느끼는 쾌감이 어떤 건지 알려드릴게요. 자, 어서요.


고민하는 둘째. 순간 영정사진 속의 아버님과 눈이 마주친다.

화들짝 놀라는 둘째. 이윽고,


**둘째**  싫은데요!


작전이 통하지 않자 절망하는 여자.

밧줄로 다시 여자를 묶으려 하는 둘째.

피하는 여자. 둘째와 대치한다.


**여자**  이 미친 새끼들! 도대체 나한테 원하는 게 뭐야!


이때 작업실에서 나오는 셋째.


**셋째**  뭐, 뭐야?

**둘째**  저 여자 잡아!

**여자**  저리 가, 개새끼들아!


한동안 쫓고 쫓기다 결국 잡히고 마는 여자.

둘째와 셋째는 서둘러 여자를 묶으려 하고 여자는 안 묶이려 발악

한다.


**여자**  개새끼들! 니네 내가 누군지 알아! 나 뒤 봐주는 조폭오

빠도 있어! 너네들 나한테 이러는 거 우리 쌍도끼 오빠

가 알면 다 죽어!

**둘째**  (정신없이 묶다 말고) 잠깐!

**여자**  ?

**셋째**  ?

**둘째**  방금 뭐라고 했죠?

**여자**  예?

| | |
|---|---|
| 둘째 | 방금 누구라 그랬잖아요. |
| 여자 | 싸, 쌍도끼…… 오빠요……? |
| 둘째 | 아 맞다. 쌍도끼. 목포에서 올라온 그 골통! |
| 여자 | ? |
| 둘째 | 그럼 당신이 그 뭐냐…… 목포꼴통의……. |
| 여자 | 드디어 제대로 생각하기 시작하셨군요. |
| 둘째 | 부탁이 있소. 혹시 그 쌍도기, 목포꼴통. 지금 어딨는지 아시오? |
| 여자 | 그건 왜요? |
| 둘째 | (진지) 명예를 회복하기 위해서요. |
| 여자 | 글쎄요……. |
| 둘째 | 잘 생각해 봐요. 기억하실 수 있을 거요. |
| 여자 | 아마 지금쯤 당신네들을 찾아 이리로 오고 있을지도 몰라요. |
| 둘째 | 안 돼! 그럼 명예회복이 안 돼요. 내가 직접 찾아가서 한 치의 오차도 없이 작업해야 돼요. |
| 여자 | 오호. 그래요? |
| 둘째 | ? |
| 여자 | 그럼 우리…… 거래할까요? |
| 둘째 | 여자와 어린이는 거래에서 제외……! |
| 여자 | (둘째의 말을 끊으며) 절 풀어주시면 쌍도끼의 위치를 알려 주죠! |

사이.


**여자**   당신은 명예를 회복해서 좋고, 나는 여기서 나가서 좋구.
        어때요?

**둘째**   끌리는군. (셋째에게) 어때?

**셋째**   글쎄…… 큰형한테 물어봐야 되지 않을까?

**둘째**   뻔해. 반대할 거야.

**셋째**   그럼 안 되지. 큰형이 반대할 일을 왜 해? 타혈법! 몰라?

**여자**   평생 조직의 명예를 더럽힌 죄책감으로 살 거면 맘대로
        해요.


잠시 고민하는 둘째. 이윽고,


**둘째**   좋소.

**셋째**   형.

**여자**   잘 생각하셨어요.

**둘째**   쌍도끼의 위치를 알려주면 풀어주겠소.

**셋째**   형 미쳤어!

**둘째**   단, 조건이 있어요?

**여자**   ?

**둘째**   우리의 치욕을 발설하지 말 것.

**여자**   당연하죠. 선수끼리!

**셋째**   타혈법 맞고 죽고 싶어!

뭔가 큰 다짐을 한 듯.

**둘째**    타혈법에 죽을지언정, 아버님께서 이룩하신 명예를 무너트릴 순 없다!

암전.

# 6장. 지하 창고

골프채를 손보는 두목.
밧줄에 묶인 채 바들바들 떨고 있는 중개상.
각목 하나를 단숨에 쓸어버리는 조폭2.


**두목**　　　얼마 전에, 아주 골치 아픈 놈이 있어서 킬러를 고용했
　　　　　는데 이 킬러가 해치우라는 놈은 안 해치우고 돈만 꿀꺽
　　　　　한 채 잠수 탔어. 그래서 여기 저기 수소문 했더니 누가
　　　　　당신을 알려주더라고.

**중개상**　　누, 누가 말임까?

**두목**　　　당신한테 물어보면 자세하게 알려줄 거라 그러던데? 그
　　　　　킬러 놈은 악어고, 당신은 악어새라고.

**중개상**　　글쎄 저는 도무지…….

**두목**　　　모른다?

**중개상**　　예…….

**두목**　　　얘들아.

**조폭들**　　예.

**두목**　　　썰어라.

**조폭들**　　예!


중개상의 다리를 나무상자 위에 올려놓는 조폭 1, 2.

톱을 들고 중개상의 다리위에 갖다놓는 조폭 2. 톱질하려 한다.


**중개상**　　말하겠습다!


톱질 멈추는 조폭2.


**두목**　　기회는 한번 뿐이야. 횡설수설 하지 마라.

**중개상**　　예…… 다 말할 테니…… 톱 좀 치워주시오.


두목이 눈짓하자 톱을 거두는 조폭 3.


**중개상**　　…… 우리 쪽에선 그들을 삼형제라고 부름다.

**두목**　　삼형제?

**중개상**　　진짜 형제는 아이고 어렸을 때 고아원에 같이 있었다는 얘기가 있는 걸로 봐서 의형제 정도인거 같씀다. 삼형제 는 각각의 임무가 있는데 첫째는 판매 및 수금을 담당하 고 둘째는 살인 청부 및 물건 포장, 셋째는 장부 정리 및 렉카차를 몸다.

**두목**　　렉카차?

**중개상**　　교통사고 나면 시체를 수거하려고…….

**두목**　　계속해 봐.

**중개상**　　살인청부를 부탁했다가 사기를 당하셨다고 하는데 아마 둘째와의 문제인 거 같습니다.

**두목**  너랑은 어떤 관계야?

**중개상**  저는 그저 물건만 판매할 뿐입니다. 삼형제에게 넘겨받은 근육이나 시체를…….

**두목**  사람의 근육을…… 팔아?

**중개상**  부위별로 토막 내서 냉동시키면 제가 그 근육을 필요로 하는 곳에 돈을 받고 건네줍니다.

가만히 듣고 있던 두목, 어이가 없는지 피식 웃는다. 따라 웃는 조폭들. 따라 웃는 중개상.

**두목**  사람을 죽여서, 그걸 토막내 갖구 너한테 주면 니가 그 토막을 판다 이거지?

**중개상**  해부용을 원할 때는 통째로 팜다.

**두목**  어디다 팔아?

**중개상**  병원에…… 성형수술 재료로…….

**두목**  사람근육을 성형할 때도 써?

**중개상**  성기확대나 가슴확대, 그리고 사고로 살점이 떨어져 나간 사람들한테…….

**두목**  그러니까 근육을 팔려고 살인도 하고 시체도 줍고 한다?

**중개상**  저는 그저 매매만…….

**두목**  그래서 그 삼형젠가 뭔가 하는 놈들, 지금 어딨어?

**중개상**  그건 저도 모름다. 그건 삼형제의 일급비밀이라…….

인상이 일그러지는 두목. 조폭1, 중개상을 때린다.


**두목**　　이 새끼가 누굴 바보로 아나, 어디서 대가릴 굴려.

**중개상**　진짬다.

**두목**　　뭐, 시체를 토막내서 너한테 주면 니가 성형할 때 쓰라고 병원에 팔아? 그걸 지금 나보고 믿으라는 거야, (때리며) 이, 이, 새끼야.

**중개상**　아, 정말임다!

**두목**　　뭐, 삼형제? 아버지는 없냐? 왜? 대대로 물려받으면서 한다고 하지?

**중개상**　어? 어찌 아심까? 가들 대대로 물려받아서 하는 검다.

**두목**　　이 새끼가 아직도 정신을 (때리며) 못 차리고, 소설을, 쓰고, 자빠졌어!

**중개상**　정말! 다 사실임다!

**두목**　　어디서 말도 안 되는 얘기 갖고 사람 현혹할라고…… 얼마나 맞아야 정신차릴래!

**중개상**　아이고.

**두목**　　그런 쓸데없는 소리 말고 그 새끼 있는 곳이 어딘지만 말해!

**중개상**　전…… 진짜 모름다…… 가들은 다 비밀임다.

**두목**　　야, 짤라 버려!


중개상을 잡아끄는 조폭들. 깜짝 놀라는 중개상.

잠시 실갱이. 그러다가,

**중개상**    오늘 만나기로 했습다!

**두목**    잠깐!


멈추는 조폭들.


**두목**    뭐라구……?

**중개상**    오늘 물량을 건네받는 날임다. 판매책인 첫째와 만나기
로 돼 있습다. (종이를 건네며) 여기 약돔다.

**두목**    몇시에 어디서?

**중개상**    그보다 먼저…….

**두목**    ?

**중개상**    절 살려주겠다는 약속을 해주시요. 그럼 알려드리겠습다.

**두목**    협상하자는 거야?

**중개상**    말했는데 죽이면 저만 너무 억울하지 않슴까!

**두목**    알았어. 살려줄게. 자, 말해.

**중개상**    각서라도…….

**두목**    얘들아!

**조폭 3**    예!

**중개상**    아님다, 각서 필요 없다! 그냥 말할겠습다!.

**두목**    빨리 말해.

**중개상**    3시간 후에 만나기로 했습다.

**두목**  인상착의.

**중개상**  검은 옷에 검은 구두. 손에 아이스박스를 들고 있을 겁다.

**두목**  암호 같은 거 있어?

**중개상**  그런 거 없슴다.

**두목**  확실해?

**중개상**  예.

**두목**  (약도를 살피며) 만약, 이 약도대로 갔는데 허탕쳤다, 그럼 다리가 아니라 머리를 토막낸다.


끄덕이는 중개상.


**두목**  (중개상에게) 하나만 묻자. 내가 전국구 보스야. 근데 그놈들이 이런 나를 사기 처먹었어. 이게 상식적으로 이해가 돼?

**중개상**  …….

**두목**  그 개념 없는 놈들, 대체 어떤 놈들이야?

**중개상**  잘 모르겠는데 어쨌든 걔네들은 신문만 보는 애들임다?

**두목**  신문? (피식) 요즘 신문에는 비상식적으로 살라고 써있나 보지? 그래. 신문만 보는 그놈들, 어디 얼마나 대단한 놈들인지 한번 보자. 근데, 넌 남의 나라에 와서 할 짓이 없어 시체를 토막 내고 팔고 하냐? (때리며) 이 더러운 새끼야!

**중개상**  아이, 그게 아이고…….

**두목**  (조폭들에게) 일단 첫째 놈부터 작업한다. 정신 똑바로 차려. 알았지?

**조폭들**　예!

**두목**　가자!

**조폭들**　예!

나가는 두목과 조폭들. 중개상, 알수없는 서러움에 운다.

**중개상**　죽이고 토막 내고 파는 건 지들이 다 하면서…… 한국
　　　의사 실력 있다고…… 우리 아들 살리겠다고 여기 왔는
　　　데…… 병원비가 너무 비싸서…… 시체 배달하면 돈 벌
　　　수 있다고 지들이 말해놓고…… 돈이 없어…… 아직 우
　　　리 아들은 수술을 못하고 있는데…… 이놈의 한국……
　　　정말 징하다…….

암전.

# 7장. 공원. 밤


벤치에 앉아있는 첫째.

이때 등장하는 두목과 조폭 1, 2, 3. 첫째 앞으로 가는 두목.


| | |
|---|---|
| **첫째** | 뭐요? |
| **두목** | 혹시…… 거래 때문에 나오셨소? |
| **첫째** | ! |
| **두목** | 놀라지 마시오. |
| **첫째** | 당신 누구야! |
| **두목** | 사람이 바뀌어서 당황했나 보군. 인사가 늦었소. |


두목, 악수를 청하자 얼떨결에 악수하는 첫째.


| | |
|---|---|
| **두목** | 당신과 새롭게 거래할 사람이오. |
| **첫째** | 새롭게 거래할 사람? |
| **두목** | 앞으로 잘 해 봅시다. |
| **첫째** | 난 당신을 모르는데……. |
| **두목** | 이제부터 알고 지내면 되는 거 아뇨? |
| **첫째** | 실례했소. |


첫째, 자리에서 일어나려는데.

| | |
|---|---|
| **두목** | 둘째가 큰 실수를 했더군. |
| **첫째** | ! |
| **두목** | 겁도 없이! |
| **첫째** | 실수라니? |
| **두목** | 이거 봐. 시치미 뗀다, 또. |
| **첫째** | …… . |
| **두목** | 내 걸 날로 먹었던데? |
| **첫째** | 그럼…… 둘째가 가져온 게 당신의……. |
| **두목** | 이제야 실토하는군. |
| **첫째** | 혹시, 다른 사람한테도 얘기했소? |
| **두목** | 뭔 경사라고 얘기를 해. 쪽팔리게. |
| **첫째** | (두목의 손을 잡고) 고맙소. 당신 물건은 손 하나 까딱하지 않았소. 우리의 실수니 다시 드리리다. 그러니 비밀을 계속 유지시켜 주시오. |
| **두목** | (뿌리치며) 뭔 헛소리야? 이거 다 구라로 먹고사는 놈들이구만! |
| **첫째** | ? |
| **두목** | 애들아. |
| **조폭들** | 예! |
| **두목** | 조져라. |
| **조폭들** | 예! |

조폭들, 첫째에게 공격할 자세를 취한다.

**첫째**　뭐 하는 짓이오?

**두목**　내 걸 날로 먹었으니 대가를 치러야지.

**첫째**　말했잖소. 실수였다고.

**두목**　그러니까 대가를 치루라고. 실수한 대가.

**첫째**　당신 물건을 그대로 돌려드린다고 하지 않았소.

**두목**　말귀를 못 알아먹는군. 쪽바리 같은 놈!


사이.


**첫째**　뭐라고?

**두목**　왜 말귀를 못 알아 먹냐구. 위안부 합의는 무효구 넌 대
　　　　가를 받아야 된다구, 이 쪽바리 같은 놈아!

**첫째**　말 다했나?

**두목**　그래 말 다했다 이, 말귀도 목 알아먹는 대대손손 쪽바
　　　　리 새꺄. (조폭들에게) 뭐하냐? 죽여 버려!


조폭들, 첫째를 향해 덤벼든다.
그러나 유연하게 조폭들의 공격을 피하며 혈을 짚는 첫째.
제자리에서 옴짝달싹 못하고 괴로워하는 조폭들.
순식간에 세 명을 제압한 첫째. 두목과 마주 본다. 놀란 두목. 품에
서 칼을 꺼낸다.


**첫째**　연장 들고 설쳐대는 자, 연장으로 망하리. 하!

기합소리와 함께 손을 내지르는 첫째.
그러나 두목의 명치 앞에 멈춘다.
깜짝 놀라는 두목.

**두목**　히익!

**첫째**　(멈춘 채로) 친일파는 우리의 타도대상 1호. 망발을 삼가
시오.

뒤로 물러서는 첫째. 자세를 푼다.

**첫째**　서로의 오해에서 빚어진 일, 당신에게 감정은 없소.

조폭 1, 2, 3의 혈을 짚는 첫째.
픽픽 쓰러지는 조폭들. 괴로워한다.

**조폭들**　으아…….

아이스박스를 들고 퇴장하는 첫째.
사이.
얼떨떨한 두목.

**두목**　뭐야 이거? 무술이야? (조폭들을 발로 차며) 일어나, 이 새끼
들아!

꾸역꾸역 일어나는 조폭들.

**두목**　세 놈이 칼 들고, 몽둥이 들고, 한 놈을 처리 못 해?

**조폭1**　죄송합니다…….

**조폭2**　워낙 순간적으로…….

**조폭3**　숨을 쉴 수가 없어서…….

**두목**　그놈들 전화번호 알지?

**조폭1**　예.

**두목**　강북경찰서 민 반장한테 전화해서 주소 알아내.

**조폭1**　예.

**두목**　이번엔 직접 쳐들어간다. 만만치 않은 놈들 같으니까 맘 단단히 먹어라. 이번에 실수하면 내 손에 죽는다. 알겠냐?

**조폭들**　예!

**두목**　근데, 내가 조폭 두목 아냐. 그럼 좀 무서워하고 그래야 하는 거 아냐? 뭐 씨 한번 봐줬다는 투잖아, 방금. (첫째 퇴장한 방향을 보며) 신문만 보는 놈들이 그렇게 무서운 거야? 우리보다 더? 젠장. (조폭들에게) 가자!

퇴장하는 조폭들.
암전.

# 8장. 사무실

텅 비어 있는 사무실. 잠시 후 문을 열고 들어오는 첫째.

아무도 없는 것을 확인하고는 작업실 쪽으로 들어간다.

다시 밖으로 나오는 첫째.


**첫째**　　다들 어디 갔지? 자리 비우지 말라고 그렇게 일렀건
　　　　만…… 조직이 위기에 처했는데…… 정신머리 없는 놈들!


이때 문을 열고 후다닥 들어오는 둘째와 셋째.

얼굴 여기저기 할퀸 자국이 있는 둘째.

입술이 터진 셋째.

첫째를 발견하고 움찔한다.


**첫째**　　함부로 집 비우지 말라 그랬지.

**둘째**　　어, 형. 벌써 왔어?

**셋째**　　답답해서, 요 앞에 바람 쐬러…… 헤헤.

**첫째**　　꼴이 그게 뭐냐?

**둘째**　　저기 그게…….

**셋째**　　…….

**첫째**　　여자는?

**둘째**　　…….

| 셋째 | …… . |
|---|---|
| 첫째 | (버럭) 여자는! |
| 둘째 | 다, 달아났어……. |
| 셋째 | 자, 잠깐 한눈파는 사이에……. |
| 첫째 | 뭐야? |
| 둘째 | 쌍도끼가 어딨는지 알려준다고 해서…… 내가 쌍도끼 놓쳐서 우리 조직의 명예가 무너지고…… 그래서 실추된 명예를 만회할려구……. |
| 첫째 | 여자를 데리고 나갔다? |
| 셋째 | 난 안 된다고 했는데 자꾸 고집을 펴서……. |

셋째 째려보는 둘째. 첫째 쪽으로 슬쩍 피하는 셋째.

| 셋째 | 큰형한테 물어봐야 된댔는데 아버님이 이룩한 명예를 더럽히고는 못산다면서……. |
|---|---|
| 둘째 | (짐짓) 그런 거 보면 아버님은 정말 대단하신 거 같애. 여자를 거래에서 제외시킨 이유가 있더라구. 비싼 공부했어, 형. 이번 일을 계기로 해서 좀 더 성숙된 가문의 일원으로써 아버님의 명예를 받들고……. |
| 첫째 | 입 다물어라. |
| 둘째 | ! |
| 첫째 | 여자를 믿고 가는 놈이나! (셋째를 보며) 그걸 말리지 않은 놈이나! |

**셋째** 말렸다니까 형. 타혈법에 맞아 죽어도 가야 된다는데 어떻게 해!

사이.

**첫째** 정말이냐?
**둘째** 형, 저기…… 그게…….
**첫째** 니가 진정, 미쳤구나.

둘째에게 다가가는 첫째. 뒤로 피하는 둘째.

**둘째** 진짜 타혈법을 맞겠다는 건 아니고, 그게…….
**셋째** (첫째를 말리며) 저기 형, 그래도…….

뒤로 물러나다가 벽에 걸리는 둘째. 계속 다가오는 첫째.

**둘째** 형, 제발…….
**첫째** 일이 어떻게 돌아가는지도 모르고. 이게 다 누구 때문인데, 누구 때문인데! 하압!
**셋째** 안 돼!

엄청난 기압 소리와 함께 둘째의 가슴으로 손을 뻗는 첫째.
정확히 둘째의 명치를 가격한다.

**둘째**    (눈을 찔끔 감으며) 엄마야!

사이.
갑자기 자기 손을 잡고 몹시 괴로워하는 첫째.
어리둥절 셋째. 조심스레 눈을 뜨는 둘째.
괴로워하는 첫째의 모습을 보고는 자신의 윗옷을 풀어헤치는 둘째.
옷 안에 보이는 함석 철판 보호대.

**둘째**    헤헤. 혹시나 해서 찼는데…….
**셋째**    오우.
**첫째**    (둘째의 함석 철판을 보고는) 죽여버리겠어!

구르마 선반 위의 도끼를 집어드는 첫째.

**둘째**    으악!
**셋째**    안 돼, 형!

온몸으로 첫째를 말리는 셋째. 미쳐 날뛰는 첫째.

**첫째**    이거 놔! 토막을 내버릴 거야!
**둘째**    (재빨리 무릎 꿇고) 잘못했어, 형! 용서해 줘!

이때 울리는 초인종 소리. 모두 문쪽을 바라본다. 긴장.

셋째     누구지?

둘째     여긴 올 사람이 없는데?

첫째     그 여자 아냐?

둘째     맞다!


거리낌 없이 문쪽으로 다가가며.


둘째     도망갈 때 언제고…… 따끔하게 따져야 되겠어.


문을 여는 둘째. 우당탕 문이 열리면서 뒤로 뒹구는 둘째.

등장하는 두목과 조폭 1, 2, 3.

그들의 손에 들려있는 칼, 몽둥이 등의 흉기…….


두목     호랑일 잡으려면 호랑이 굴로 쳐들어가야지. 마침 다 있
         었구만.

셋째     (다가가며) 뭐야, 이거?

첫째     (셋째를 말리며) 그 여자의 남자다.

둘째     가만. 어디서 많이 봤는데…….

조폭1    (둘째를 보곤) 우리한테 사기 친 놈입니다.

두목     결국 이렇게 만나는군. 세상 참 좁아.

둘째     아, 맞다. 내 고객인데…… (첫째에게) 그 여자가 이 사람
         여자야?

첫째     (고개를 끄덕이며) 그래서 몹시 화나있다.

| | |
|---|---|
| **둘째** | 그 여자가 자기는 쌍도끼 거랬는데? 쌍도끼는 저 사람이 나한테 작업을 부탁했고…… 그 여자가 저 사람 거면…… 당신이 쌍도끼야? |
| **두목** | 뭐라는 거야 이 새끼? 여자는 무슨 여자? |
| **첫째** | 이보쇼. 털끝 하나 건드리지 않았다고 분명히 말했잖소. 이런 일로 여자를 버리면……. |
| **두목** | 시끄러! 나한테 가져간 거부터 내놔. |
| **첫째** | 저기…… 할 말이 없소. 아우놈들이 그만 실수로……. |
| **두목** | 실수로……? |
| **둘째** | 이봐. 당신 그럼 나보고 당신을 죽여 달라고 했던 거야? |
| **두목** | 뭐야? |
| **첫째** | 밖에서 잃어버렸소. |
| **조폭 2** | 거짓말입니다, 형님. |
| **두목** | 어이가 없군. 카드로 보냈는데 잃어버렸다니? |
| **첫째** | (둘째와 셋째의 얼굴을 가리키며) 잃어버렸다기보단 도망갔소. |
| **두목** | 으하하하하! |

두목, 너무 어이가 없어 배꼽이 빠지게 웃는다.
얼떨결에 덩달아 웃는 조폭들.

| | |
|---|---|
| **두목** | 잃어버린 것도 아니고 스스로 도망갔다? 뭐 씨발 발이 달렸나? 스스로 도망가게? |
| **첫째** | 발 달렸소. |

사이.

**두목**    나 이거 적응 안 되네? 이봐, 무술인. 나 지금 말장난 할 기분 아냐.

**첫째**    시간을 주시오. 찾아다 드리겠소. 아직 멀리 가진 못 했을 거요.

**두목**    돌겠군. 오늘 여기서 한번 다 죽어보까?

**둘째**    맞다! 자기를 죽여 달라고 나한테 부탁한 거야!

**두목**    ?

**셋째**    그럼 형 거래물건이 (두목을 가리키며) 저거야?

**둘째**    그랬었어. 근데 내가 실수로 저 사람의 여자를 작업한 거였지

**셋째**    일이 그렇게 된 거였어?

**둘째**    아버님의 명성 때문에, 너무 완벽하게 작업을 해야 한다는 부담감에 그만 나는! 우리 가문에 치욕적인 실수를 안겼어. 아버님 앞에서 가슴이 찢어질 듯 했지만 언젠가 이 치욕을 반드시 갚을 날이 올 거라고 굳게 믿고 있었다.

**셋째**    형. 그날이 바로 지금이야! 우리 가문의 명예를 회복할 수 있는!

**둘째**    에피바티딘!

**셋째**    알았어 형!

007가방에서 [에피바티딘]을 꺼내는 셋째.

**둘째**    (첫째에게) 형. 그동안 아버님의 명예를 실추시키고 형에게
근심을 끼쳐서 미안해. 그러나 걱정하지 마. 이젠 내가
다 해결할게.

**셋째**    (에피바티민을 건네며) 여기.

[에피바티민]을 받아든 둘째. 서서히 두목 쪽으로 온다.

**두목**    뭐야, 이 씨발놈?

**둘째**    자, 우리 가문의 명예를 회복할 시간이다. 간다!

두목을 덮치는 둘째. 그런 둘째를 덮치는 조폭 1, 2, 3.
조폭들을 덮치는 첫째와 셋째. 아수라장.
암전.

# 9장. 사무실

암전 중 들리는 뉴스 오프닝.

**앵커**  뉴스 속보입니다. 국회의원 몇몇이 해외 원정을 다니며 집단으로 도박판을 벌인 사실이 밝혀져 물의를 빚고 있습니다. 이들은 삼삼오오 짝을 이뤄 호텔방과 카지노를 가리지 않고 적게는 억대에서 많게는 수십 억대에 이르는 판돈을 걸고 도박을 벌인 것으로 검찰 수사 결과 밝혀졌습니다.

또한 이들 중 차기 대권주자로 유력한 김 모 의원은 강북 일대 새로 형성된 신흥폭력조직 도끼파의 여러 이권을 도와주며 억대뇌물 및 성접대를 받은 의혹으로 이미 검찰의 수사선상에 올라 이번 불법해외원정 도박혐의가 사실로 밝혀질 경우 정치생명에 심대한 타격을 받을 것으로 예상되고 있습니다.

한편, 당사자인 김 모 의원은 해외 원정도박판을 벌인 적이 없고 성접대 또한 받은 적이 없다며 혐의를 전면 부인하고 있으며 차기 대권주자로 유망한 자신의 지지도를 낮추기 위한 모함이라며 당장 자신에 대한 정치탄압을 중단할 것을 촉구하였습니다. 이상, 뉴스속보였습니다.

뉴스 끝나면 암전. 잠시 후 불 들어오면, 사무실.

삼겹살을 굽고 있는 첫째와 셋째.


**셋째**     모처럼 먹으니까 진짜 맛있다.

**첫째**     많이 먹어라.

**셋째**     얼마만이지? 이렇게 대박친 게?

**첫째**     최근 몇 년 동안은 없었지.

**셋째**     형. 기분 되게 좋다. 왜 진작 생각 못했을까? 그 조폭들
          이 악질 범죄자였다는 걸.

**첫째**     둘째의 실수 때문에 경황이 없었던 게지.

**셋째**     게다가 둘째형의 실수를 알고 있는 놈들은 그놈들뿐인
          데 이렇게 되면 둘째형의 실수는 자연 암흑에 묻히는 거
          아냐, 영원히.

**첫째**     그렇다고 봐야지.

**셋째**     이야, 이런 걸 일석이조라고 해야 하나? 도랑 치고 가재
          잡고. (신나서) 둘째형, 멀었어?

**소리**     다 돼가. 와, 씨. 양이 장난 아냐!

**셋째**     빨리 와, 형. 고기 타.

**소리**     알았어!


열심히 먹는 첫째와 셋째.

이때 등장하는 둘째. 온몸이 붉은 피와 살점 투성이.

| 둘째 | 우와, 팔이 얼얼하다. 오랜만에 칼질을 많이 했더니. |
|---|---|
| 첫째 | 수고했다. 어서 먹어라. |
| 둘째 | 형. 냉동실이 부족해서 꽉꽉 눌러 억지로 집어넣었어. |
| 셋째 | 그렇게 많이 나와? |
| 둘째 | 진짜 얼마만이냐? 이렇게 풍족해 본 지가? |
| 셋째 | 백화점 무너지고 처음인 거 같은데? |
| 첫째 | 육질은 어때? |
| 둘째 | 좋아. 자식들, 뭘 처먹었는지 아주 토실토실 하더만. 두 목 거만 좀 오래됐고. |
| 셋째 | 맨날 이렇게 풍족했으면 좋겠다. |
| 둘째 | 그럼 돈도 금방 모아서 친일파 놈들 바로바로 처단할 텐데. |
| 셋째 | 가만. 친일파를 다 처단하면 그다음엔 뭐하지? |

생각한다.

| 둘째 | 뭘 하긴, 임마. 좋은 세상 왔으니까 그냥 즐기면서 사는 거지. |
|---|---|
| 셋째 | 맨날 삼겹살 귀 먹으면서? |
| 둘째 | 그럼. |
| 셋째 | 헤헤. 빨리 좋은 세상이 왔으면 좋겠다. (큰형에게) 그치, 형? |
| 첫째 | (젓가락을 내려놓는다) 이제 좋은 세상은 오지 않는다. |
| 둘째·셋째 | 왜? |

일어나는 첫째.

**첫째**　일천구백사십오 년 8월 15일. 드디어 꿈에 그리던 조국
　　　　의 광복을 맞이하자 우린 민족은 친일파를 처단하고 민
　　　　족의 정기를 바로 세우고자 반민특위를 조직하였다.

**셋째**　반민특위가 뭐야?

사이.

**둘째**　임마! 큰형 말씀하시는데! (큰형에게) 계속해, 형.

**첫째**　특히 친일파 김일성은 해방과 동시에 반민특위를 피해
　　　　북쪽으로 도망을 쳤고 그곳에서 군대를 조직하여 남쪽
　　　　의 친일파를 구한다는 명목으로 6·25를 일으켰다. 전
　　　　쟁의 소용돌이 속에 결국 반민특위는 해체되고 말았지.
　　　　이후, 김일성은 북조선이란 이름으로 독재정권을 세워 1
　　　　인 치하를 시작했고, 호시탐탐 훈련된 친일파들을 난파
　　　　시켜 국내에 잠복해 있는 친일파들에게 자금과 정보를
　　　　제공하고 있다.

**셋째**　아, 독재정권이 그 독재정권이었구나.

**둘째**　어허! 거, 참! (큰형에게) 계속 해, 형.

**첫째**　그래서 아버님은 해방 후에도 독재정권과 친일파를 타
　　　　도하기 위하여 시체를 수집하고 팔았다. 우리 역시 마찬
　　　　가지구. 아버님은 총알이 빗발치는 청산리에서 우리는

최류탄이 빗발치는 광화문에서 그렇게 화려하게 말이
다. 그러나 세월이 흐르면서 과거는 잊혀지기 시작했다.
아직도 친일파들이 두 눈 시퍼렇게 뜨고 있는데! 그래서
이 나라는 결국 이 지경에 이르게 된 것이다. 그 흔한 비
행기 하나 부딪히지 않고 그 흔한 총격사건 한번 벌어지
지 않는 불경기의 극치, 절망의 나라…… 청산리에서 시
작된 눈부신 우리의 역사는 화려했던 광화문에서 그렇
게 막을 내린 것이다. 거기서 우리의 시대는 끝난 거야.
희망도 끝났고…… 이게 우리의 슬픈 역사다. 이런 역사
속에 어찌 좋은 날이 올 수가 있겠냐.

**둘째**   형은 모르는 게 없어. 척척박사야.

**셋째**   형은 그런 역사를 어떻게 그렇게 잘 알아?

**첫째**   (자리에 앉으며) 신문은 괜히 보는 게 아니다.

**둘째**   형이 매일 신문을 열심히 보는 이유가 있었구나.

**셋째**   형. 근데 형은 왜 맨날 같은 신문만 봐? 다른 신문도 되
게 많은데?

**첫째**   그 신문은 아버님 때부터 봐 왔기 때문이다. 아버님의
정신이었지.

**둘째**   형. 근데 왜 이제 좋은 세상은 오지 않아?


그대로 다시 한번 반복한다.


**첫째**   일천구백사십오 년 8월 15일. 드디어 꿈에 그리던 조국

의 광복을 맞이하자 우린 민족은 친일파를 처단하고 민
족의 정기를 바로 세우고자 반민특위를 조직하였다.

**셋째**   반민특위가 뭐야?

사이.

**둘째**   임마! 큰형 말씀하시는데! (큰형에게) 계속해, 형.

**첫째**   특히 친일파 김일성은 해방과 동시에 반민특위를 피해
북쪽으로 도망을 쳤고 그곳에서 군대를 조직하여 남쪽
의 친일파를 구한다는 명목으로 6·25를 일으켰다. 전
쟁의 소용돌이 속에 결국 반민특위는 해체되고 말았지.
이후, 김일성은 북조선이란 이름으로 독재정권을 세워 1
인 치하를 시작했고, 호시탐탐 훈련된 친일파들을 남파
시켜 국내에 잠복해 있는 친일파들에게 자금과 정보를
제공하고 있다.

**셋째**   아, 독재정권이 그 독재정권이었구나.

**둘째**   어허! 거, 참! (큰형에게) 계속해, 형.

**첫째**   그래서 아버님은 해방 후에도 독재정권과 친일파를 타
도하기 위하여 시체를 수집하고 팔았다. 우리 역시 마찬
가지구. 아버님은 총알이 빗발치는 청산리에서 우리는
최루탄이 빗발치는 광화문에서 그렇게 화려하게 말이
다. 그러나 세월이 흐르면서 과거는 잊혀지기 시작했다.
아직도 친일파들이 두 눈 시퍼렇게 뜨고 있는데! 그래서

이 나라는 결국 이 지경에 이르게 된 것이다. 그 흔한 비행기 하나 부딪히지 않고 그 흔한 총격사건 한번 벌어지지 않는 불경기의 극치, 절망의 나라…… 청산리에서 시작된 눈부신 우리의 역사는 화려했던 광화문에서 그렇게 막을 내린 것이다. 거기서 우리의 시대는 끝난 거야. 희망도 끝났고…… 이게 우리의 슬픈 역사다. 이런 역사 속에 어찌 좋은 날이 올 수가 있겠냐.

**둘째**  형은 모르는 게 없어. 척척박사야.

**셋째**  형은 그런 역사를 어떻게 그렇게 잘 알아?

**첫째**  (자리에 앉으며) 신문은 괜히 보는 게 아니다.

**둘째**  형이 매일 신문을 열심히 보는 이유가 있었구나.

**셋째**  형. 근데 형은 왜 맨날 같은 신문만 봐? 다른 신문도 되게 많은데?

**첫째**  그 신문은 아버님 때부터 봐 왔기 때문이다. 아버님의 정신이었지.

**셋째**  에이, 형. 자전거 주니까 보는 거잖아.


웃는 셋째. 웃다가 그만 품속에 숨겨놓은 카드를 떨어트린다.
첫째, 천천히 다가와서 가스레인지 불을 끈다. 적막.


**첫째**  이거, 뭐냐?

**셋째**  혀, 형…… 그게…….

**첫째**  너, 정말 안 되겠구나?

| 셋째 | 나 카드 안 해. 정말이야······ 이건······ 그냥······ 심심할 때마다······. |
|---|---|
| 첫째 | (손을 뻗으며) 타혈법! |
| 셋째 | 으아악! |

셋째의 이마 앞에서 멈춘 첫째의 손.

| 첫째 | (웃으며) 오늘은 좋은 날이라 봐주겠다. |
|---|---|
| 셋째 | 하하. 우와, 형. 깜짝 놀랐잖아. 하하. (둘째에게) 그치? |
| 둘째 | 그러게 말야. 으휴, 큰형은 장난꾸러기. |

다같이 즐겁게 웃는다. 이때 울리는 초인종 소리.

| 삼형제 | ? |
|---|---|

다시 울리는 초인종.

| 첫째 | 누구지? |
|---|---|
| 둘째 | (셋째에게) 자장면 시켰어? |
| 셋째 | 아니. |
| 둘째 | 그럼 올 사람 없잖아? |

눈짓으로 열어주라는 신호를 보내는 첫째. 다가가서 문을 여는

둘째.

그러자 선글라스 차림의 여자, 등장한다.


**여자**　　저예요.

**둘째**　　다, 당신은…….

**첫째**　　어떻게 여길…….

**여자**　　할 얘기가 있어서 왔어요.

**둘째**　　도망갈 땐 언제고. 염치도 없이!

**셋째**　　당신 때문에 작은 형 타혈법 맞고 죽을 뻔한 거 알아!

**여자**　　미안해요.

**둘째**　　(첫째에게) 형. 타혈법으로 날려버려!

**셋째**　　하! 당신 이제 죽었어.

**첫째**　　법석 떨지 마라.

**둘째**　　?

**셋째**　　?

**첫째**　　할 얘기라는 게 뭐요?

**여자**　　신체 건강하면서 악질 범죄만 저지르는 사람 알고 있으
　　　　　면 언제든 말하라고 했던 거, 지금도 유효한가요?

**첫째**　　내가…… 그런 얘길 했었소?

**여자**　　(끄덕)

**둘째**　　이번엔 또 무슨 꿍꿍이야? 우리가 또 속을 줄 아나보지?

**셋째**　　형. 더 이상 얘기 나눌 필요 없어. (타혈법 흉내) 타혈법 날
　　　　　려버려!

**첫째**   좋소. 그런 얘길 했다 칩시다. 그래서 어쩌겠다는 거요?

품에서 수첩을 꺼내는 여자.

**여자**   우리 거래할까요?

**첫째**   거, 거래?

**여자**   (수첩을 들어 보이며) 부동산 투기, 위장전입, 세금포탈, 폭력 등 악질 범죄자 명단이에요. 다 제가 상대했던 인물들이죠.

**셋째**   이야. 정말 카드를 목숨 걸고 치셨군요?

**여자**   예?

**첫째**   그래서, 지금 그걸 우리에게 넘기겠다 이거요?

**여자**   물론. (내밀며) 자요.

다가오는 첫째. 수첩을 집으려 한다. 그러자,

**여자**   (피하며) 단.

**첫째**   ?

**여자**   조건이 있어요.

**첫째**   조건?

**여자**   저를 동료로 받아 들여 주세요.

**첫째**   도, 동료?

**둘째**   여, 여자는…… 안 되는데…….

| 셋째 | 아버님 때부터 대대로 여자는……. |
|---|---|
| 여자 | 왜요? 문제 있나요? |
| 첫째 | 그게…… 저…… 이런 경우는 처음이라……. |
| 여자 | 좋아요. 그럼 패키지로 하나 더. |
| 첫째 | ? |
| 둘째 | ? |
| 셋째 | ? |
| 여자 | (중년 남자의 사진을 가리키며) 이 사람이 어딨는지 알고 있어요. |

놀라는 삼형제.

| 첫째 | 지, 진짜요? |
|---|---|
| 둘째 | 저 사기꾼을……. |
| 셋째 | 그, 그 말을 어떻게 믿죠? |

선글라스를 벗는 여자. 한쪽 눈이 시퍼렇게 멍들어 있다.

| 여자 | (셋째에게) 당신 말대로 반항했다가 이렇게 됐어요. 이래도 못 믿겠어요? |
|---|---|

천천히 다가가 여자의 멍을 보는 셋째. 그리고는 사진을 보며.

| 셋째 | 정말 개새끼네? |
|---|---|
| 여자 | 자, 어때요? 아직도 불충분한가요? |

머리를 맞대고 고민하는 삼형제.

| 셋째 | 형. 그 사기꾼 놈 복수할 절호의 기횐데? |
|---|---|
| 둘째 | 게다가 수첩 봐봐. 두께가 (손으로 가늠해 보이며) 이래? |
| 첫째 | 요즘처럼 경기가 안 좋을 때 저 정도 물량이면…… |
| 일동 | 친일파들을 없애고도 남을 만큼이다! |
| 셋째 | 그렇다면…… |
| 둘째 | 생각할 것도 없이…… |
| 첫째 | 받아들이자! |
| 셋째 | 잠깐! |
| 첫째 | ? |
| 셋째 | 저기 명단이…… 불량품이면? 피부병이라든가, 각종질병…… |
| 둘째 | 맞다! 여잘 쉽게 믿으면 안 되지. |

다시 여자 쪽으로 다가오는 첫째.

| 첫째 | 그 전에 질문이 있소. |
|---|---|
| 여자 | ? |
| 첫째 | 그 명단의 물량이 이상이 없다는 걸 어떻게 증명하겠소? |

예를 들면 피부병…….

**여자**    신용은, 상호 믿음을 바탕으로 존재합니다. (수첩을 넣으며) 내키지 않으면 관두면 그만.

대차게 나오는 여자의 태도에 움찔하는 삼형제. 그러다가는,

**첫째**    (뒤돌아 둘째와 셋째에게) 그렇지……?

**둘째**    그, 그런가……?

**셋째**    그…… 렇겠…… 다…… 헤헤.

**둘째**    하하.

**첫째**    좋소. 거래를 받아드리겠소!

**여자**    (수첩을 건네며) 우리 한번 잘 해봐요.

**첫째**    (수첩을 받으며) 아직 이 나라는 희망이 있다.

**둘째**    그렇지?

**셋째**    그럼. 우리가 태어난 나란데.

**첫째**    우리의 역사는 끝난 게 아냐. 진짜 역사는 지금부터다.

**여자**    자, 우리의 새로운 역사를 시작하는 의미로 오늘 밤 개시하는 게 어때요?

**첫째**    기꺼이. 얘들아. 준비됐냐?

**둘째 · 셋째**    응!

**첫째**    시작하자!

짐 챙기는 삼형제. 그러다가,

| | |
|---|---|
| **셋째** | 잠깐! |
| **일동** | ? |
| **셋째** | 형. 새 멤버가 있으니까 아버님 앞에서 강령 한번 외쳐야지? |
| **첫째** | 맞다. 잠시 아버님을 잊었네? (여자에게, 강령을 가리키며) 아버님의 정신이요. 멋지게 한번 외치고 시작합시다! |
| **여자** | 좋지요! |
| **첫째** | 자, 준비! |

정열하는 둘째, 셋째, 여자.

| | |
|---|---|
| **첫째** | 강령. |
| **일동** | 강령! |
| **첫째** | 하나. |
| **일동** | 여자와 어린이는······. |

신나고 힘차게 강령을 외쳐나가는데, 암전.

# 에필로그

암전 중에,

**소리**　아이, 거 참!

조명 들어오고

**첫째**　왜 이렇게 더디냐, 늦었다니까!

다시 옷매무새를 고치는 첫째.
이때 둘째 등장 등장하며 재채기

**첫째**　서두르지 않고 뭐하냐?

**둘째**　형. 칼을 갈아야 되겠어. 허벅지 하나 발려 내는데 20분
　　　　이 걸리네.

**첫째**　늦었다. 얼른 서둘러라.

**둘째**　알았어, 형.

옷을 입는 둘째.

**첫째**　그나저나 내 젤 못 봤냐?

**둘째**   젤? 못 봤는데?

**첫째**   거, 왜 자꾸 없어지는 거야?


이때 여자 등장.

임신한 채로 박스를 들고 있다.


**여자**   이게 아버님 유품이라고 했죠? 정리 좀 해야 되겠어요,
먼지가 수북해요.

**첫째**   거, 몸도 무거운데 뭐 하러 그런 건…… 그냥 둬요. 갔다
와서 우리가 할 테니까.

**여자**   (배를 쥐고 어렵게 의자에 앉으며) 쉬엄쉬엄 하면 되요.

**첫째**   그나저나 셋째는 뭐하고 있는 거야, 서두르라니까.

**여자**   안에서 뭐 하고 있는 거 같던데요?

**첫째**   뭐?

**여자**   글쎄요.

**첫째**   (안에다) 안에서 뭐하냐? 늦었다니까!


이때 식식대며 등장하는 셋째.

여자에게로 가서 잔뜩 젤 바른 손을 내민다.


**셋째**   이게 뭐가 수월하다는 거예요! 더 안 되는구만, 미끄러
워서.

**첫째**   뭐 하냐, 빨리 옷 입지 않고!

| 셋째 | 어, 알았어 형. |
|---|---|
| 첫째 | 시간이 많이 지체됐다. 서둘자! |

삼형제, 어느새 옷을 다 입는다.

| 첫째 | 일 년에 한번 아버님을 뵙는 날이다. 몸가짐 단정히 하고…… 깔끔하게. |
|---|---|

준비를 다 마친 삼형제.

| 첫째 | (여자에게) 함부로 문 열어주지 말고. |
|---|---|
| 여자 | 걱정하지 마세요. 국립묘지로 간다구요? |
| 첫째 | 독립투사로서 자랑스럽게 거기 묻혀 계시니까. |
| 여자 | 조심히 다녀오세요. |
| 첫째 | (동생들에게) 가자. |

퇴장하는 삼형제.
유품정리를 하는 여자. 박스를 연다. 그 안에 보이는 일본군 장교복, 일장기, 그리고 일본군 장교 사진. 그 사진을 아버님 영정사진에 갖다 대자 둘이 어깨동무를 하고 있는 모습이다.
암전.

끝.

한국 희곡 명작선 47

## 청산리에서 광화문까지

초판 1쇄 인쇄일   2021년  1월 10일
초판 1쇄 발행일   2021년  1월 20일

지 은 이   이우천
만 든 이   이정옥
만 든 곳   평민사
　　　　　서울시 은평구 수색로 340 〈202호〉
　　　　　전화 : 02) 375-8571
　　　　　팩스 : 02) 375-8573
　　　　　http://blog.naver.com/pyung1976
　　　　　이메일  pyung1976@naver.com
등록번호   25100-2015-000102호
ISBN        978-89-7115-745-9  03800
　　　　　978-89-7115-663-6  (set)
정      가   7,000원